María Celeste Arrarás
El bastón mágico

ILUSTRADO POR PABLO RAIMONDI

COLOREADO POR CHRIS CHUCKRY

SCHOLASTIC INC.

New York   Toronto   London   Auckland   Sydney   Mexico City   New Delhi   Hong Kong   Buenos Aires

abía una vez un lugar muy lejano donde, gracias a un gran emperador, reinaban la paz y la prosperidad.

El emperador tenía un hijo llamado Moconoco al que amaba sobre todas las cosas y por el cual haría hasta lo imposible. Todo lo que el pequeño pedía, el emperador se lo concedía.

Pero lejos de ser un niño contento y agradecido, Moconoco era egoísta y voluntarioso. Su único amigo era Karmelo, un pequeño campesino que sentía lástima por él porque los demás niños lo rechazaban.

Un día, los dos chicos jugaban en el bosque cuando una anciana se les cruzó en el camino. Era una mujer frágil que se apoyaba con firmeza sobre un bastón dorado muy brillante.

—¡Hola, pequeñuelos! —los saludó amablemente—. Bienvenidos a mi bosque.

Karmelo le hizo una reverencia en señal de respeto. Moconoco apenas se fijó en ella. Sus ojos brillaban de avaricia de solo pensar que el bastón era de oro.

—¡Entréguemelo ahora mismo! —le exigió a la anciana—. ¡Soy el hijo del emperador y se lo ordeno!

Karmelo también estaba maravillado con el bastón, pero el pedido de Moconoco le pareció descortés e injusto.

—Déjala en paz —intervino perturbado—. Ella lo necesita para caminar.

Moconoco soltó una carcajada y le arrebató el bastón a la mujer, quien perdió el equilibrio y cayó al suelo.

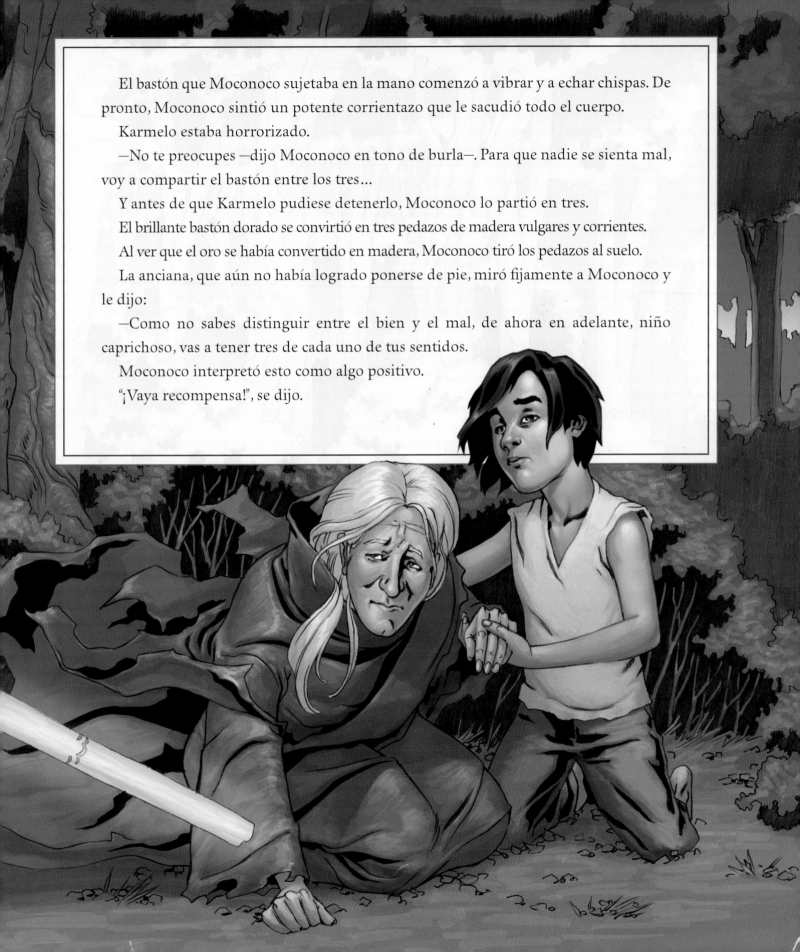

El bastón que Moconoco sujetaba en la mano comenzó a vibrar y a echar chispas. De pronto, Moconoco sintió un potente corrientazo que le sacudió todo el cuerpo.

Karmelo estaba horrorizado.

—No te preocupes —dijo Moconoco en tono de burla—. Para que nadie se sienta mal, voy a compartir el bastón entre los tres...

Y antes de que Karmelo pudiese detenerlo, Moconoco lo partió en tres.

El brillante bastón dorado se convirtió en tres pedazos de madera vulgares y corrientes.

Al ver que el oro se había convertido en madera, Moconoco tiró los pedazos al suelo.

La anciana, que aún no había logrado ponerse de pie, miró fijamente a Moconoco y le dijo:

—Como no sabes distinguir entre el bien y el mal, de ahora en adelante, niño caprichoso, vas a tener tres de cada uno de tus sentidos.

Moconoco interpretó esto como algo positivo.

"¡Vaya recompensa!", se dijo.

Lo que había dicho la anciana confundió a Karmelo, pero consideró que no era momento para averiguar qué había querido decir: debía socorrerla antes que nada.

Buscó una rama y, mientras la ayudaba a ponerse de pie, le explicó:

—Esto no se compara a su querido bastón, pero al menos le servirá para caminar.

La anciana sonrió agradecida y tomó los tres pedazos de madera que antes habían sido su querido bastón.

—Aquí tienes la clave para vencer el mal —le dijo a Karmelo, entregándole los pedazos—. Cuando los tres vuelvan a ser uno, tu felicidad será total.

Esto terminó por confundir a Karmelo del todo, pero Moconoco no dio tiempo para más explicaciones.

—¡Vámonos! —dijo impacientemente—. No sabe lo que dice. A mí me premió por destruir su bastón y a ti, que la ayudaste, solo te dio esos pedazos de madera inservibles.

La anciana, que vio cómo Moconoco se llevaba a Karmelo a empujones, tenía una última cosa que decirle al hijo del emperador:

—Ríe cuanto quieras, mi pequeño. Pronto descubrirás que tener mucho no siempre es bueno y que hoy no recibiste un premio, sino una maldición.

Entonces se volteó y se adentró en el bosque.

Los años pasaron y el reino cambió mucho. El querido padre de Moconoco había muerto y ahora su hijo estaba al mando. Moconoco era un emperador malvado y ruin que obligaba a sus súbditos a trabajar como esclavos en las peligrosas minas de oro ubicadas debajo del palacio. Aquel era un lugar inhóspito donde apenas entraba la luz del sol.

La profecía de la anciana, sin embargo, se había cumplido. Moconoco tenía tres de cada uno de sus sentidos: tres ojos, tres bocas, tres narices, tres oídos y tres manos. Tenía mucho de todo… pero no era feliz.

Sus ojos le permitían ver muy lejos y en todas direcciones. Eran perfectos para espiar a los esclavos. Pero todo lo que Moconoco veía le provocaba envidia. Sus súbditos eran felices porque estaban rodeados de seres queridos y sabían disfrutar de lo poco que tenían.

Moconoco también sentía rabia porque podía escucharlo todo con sus tres oídos; no se le escapaba ni uno de los comentarios que hacían sus súbditos acerca de su crueldad.

Siempre tenía dolor de cabeza porque sus narices captaban todos los olores a la vez.

Por más que comiera, siempre tenía hambre pues nada aliviaba el apetito insaciable de sus tres bocas.

Sus manos eran igual de exigentes. Aun cuando se apropiaba de todo a su antojo y llenaba de objetos los salones del palacio, sentía las manos vacías.

El nuevo emperador era más miserable cada día y su modo de desquitarse era exigiendo más oro de sus trabajadores.

Karmelo ya no era amigo de Moconoco. Se había convertido en un simple esclavo más que trabajaba en la mina de sol a sol. Sin embargo, a diferencia del emperador, Karmelo era un hombre feliz porque decía tener "un tesoro más valioso que todo el dinero del mundo".

El tesoro de Karmelo era su familia, su esposa y sus tres hijos: Julianchi, Adrianchi y Larilú, los cuales habían sido bendecidos con un don muy especial. Cuando los pequeños cumplían tres años, Karmelo les regalaba lo único que tenía: uno de los pedazos de madera que le había dado la anciana en el bosque. Al entregar el regalo, algo extraordinario sucedía: por un instante, la madera brillaba como el oro, de la punta salían chispas y el niño sentía un fuerte corrientazo. En ese momento, al pequeño le era revelado un don especial.

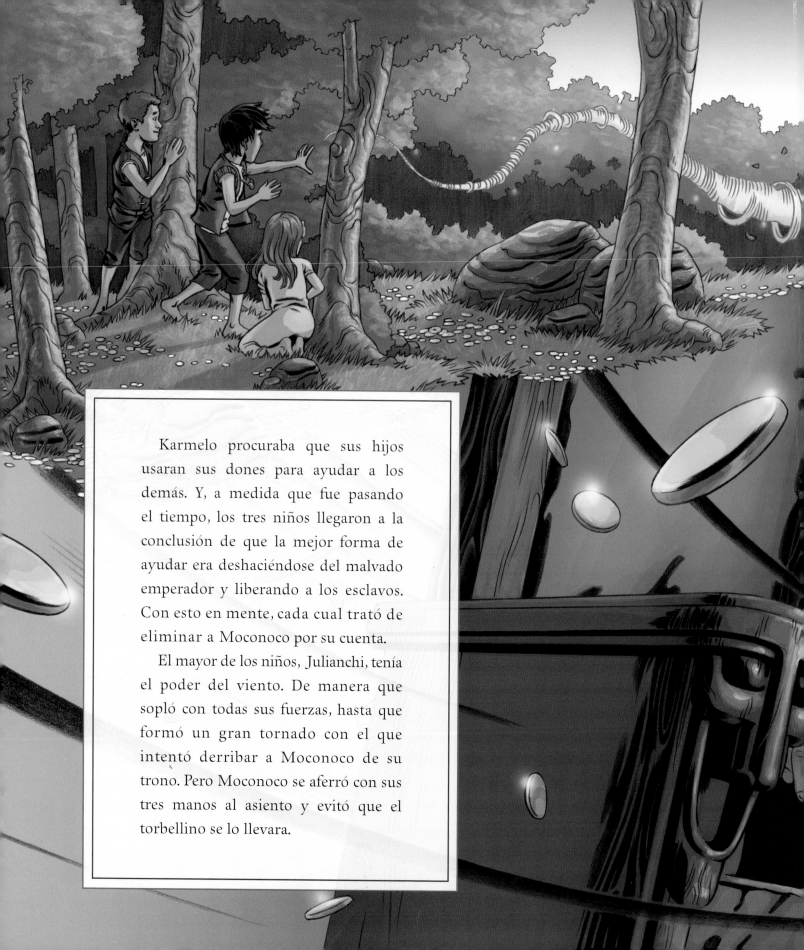

Karmelo procuraba que sus hijos usaran sus dones para ayudar a los demás. Y, a medida que fue pasando el tiempo, los tres niños llegaron a la conclusión de que la mejor forma de ayudar era deshaciéndose del malvado emperador y liberando a los esclavos. Con esto en mente, cada cual trató de eliminar a Moconoco por su cuenta.

El mayor de los niños, Julianchi, tenía el poder del viento. De manera que sopló con todas sus fuerzas, hasta que formó un gran tornado con el que intentó derribar a Moconoco de su trono. Pero Moconoco se aferró con sus tres manos al asiento y evitó que el torbellino se lo llevara.

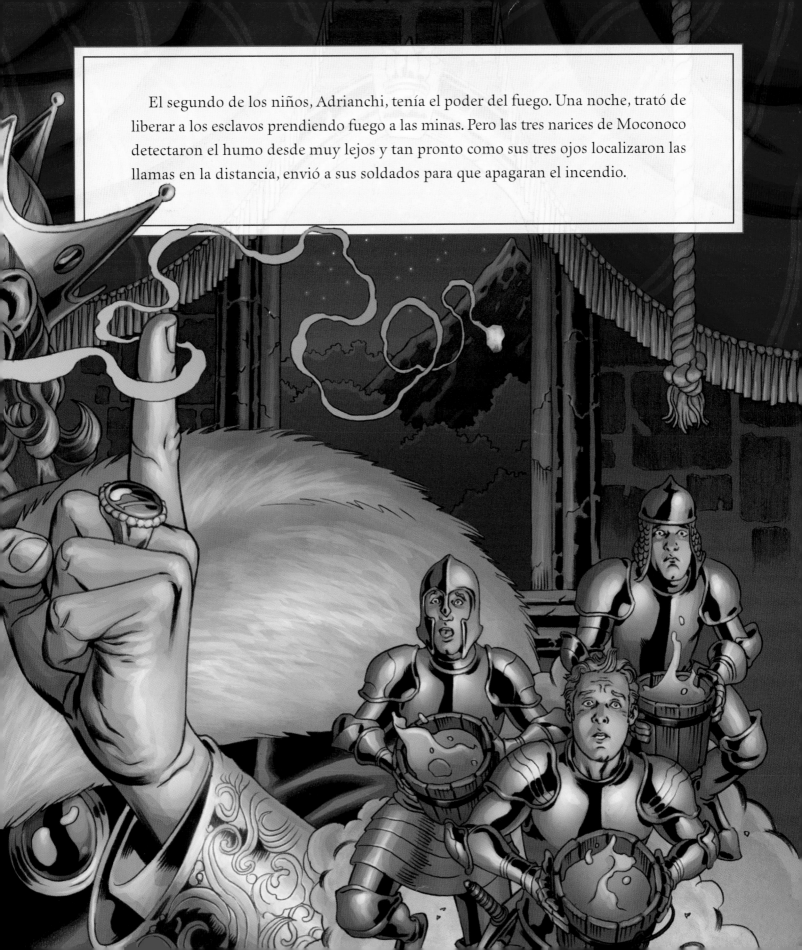

El segundo de los niños, Adrianchi, tenía el poder del fuego. Una noche, trató de liberar a los esclavos prendiendo fuego a las minas. Pero las tres narices de Moconoco detectaron el humo desde muy lejos y tan pronto como sus tres ojos localizaron las llamas en la distancia, envió a sus soldados para que apagaran el incendio.

La menor de los tres, Larilú, tenía el poder del agua.

Mientras el emperador se bañaba, ella escupió un torrente de agua feroz acompañado de olas enormes para que lo arrastrasen muy lejos. Pero las tres orejas de Moconoco escucharon el sonido de la poderosa corriente que se avecinaba y, mucho antes de que la ola lo alcanzara, ya estaba fuera del agua.

Moconoco se sentía invencible. "Tener **tres** de cada uno de los sentidos es, realmente, una bendición", se dijo. A continuación, ofreció una recompensa **tres** veces más alta que la más alta de las recompensas jamás otorgada para quien lograra capturar a los niños insolentes que lo habían desafiado. Su furia era **tres** veces más intensa de lo usual.

Cuando los niños escucharon la noticia, decidieron huir.

—Escondámonos en el bosque —sugirió Julianchi.

—Pero es muy duro dejar a nuestros padres —dijo Larilú.

—Tienes razón —añadió Adrianchi—, llevemos los pedazos de madera que nos regaló papá, eso nos hará sentir cerca de ellos aunque estemos lejos.

Karmelo y su esposa estaban desesperados. ¿Cómo podrían proteger a sus hijos si no lograban encontrarlos? Finalmente, Karmelo tuvo una idea.

"Tal vez han huido al bosque —pensó—. Ese es el mejor escondite. Allí íbamos Moconoco y yo cuando éramos pequeños". Y, efectivamente, allí fue donde Karmelo dio con ellos.

Se encontraban muy bien, gracias a las frutas que Julianchi soplaba de los árboles, al agua fresca que Larilú les daba de tomar y a las fogatas que Adrianchi prendía para protegerlos del frío.

—Mis queridos hijos —dijo Karmelo con los ojos llenos de lágrimas por la emoción—, me siento orgulloso de verlos ayudándose entre sí. Eso los hará más fuertes.

Pero el feliz reencuentro estaba a punto de ser interrumpido. Moconoco había seguido a Karmelo y se encontraba con todo su ejército a unos cuantos pasos del escondite secreto. Moconoco se sentía afortunado de haber descubierto a los niños sin ayuda, pues así no tendría que pagar la recompensa. Lleno de alegría, Moconoco gritó:

—¡Están rodeados! ¡Ríndanse de inmediato! ¡Ustedes serán los primeros de muchos niños que voy a reclutar para que trabajen en las minas!

Karmelo estaba furioso. ¡Bajo ninguna circunstancia permitiría que Moconoco siguiera abusando de su gente y mucho menos de sus adorados hijos! Por primera vez en muchos, muchos años, recordó las palabras de la anciana y finalmente comprendió su significado. Tomó los tres pedazos de madera y les dijo a sus hijos:

—Aquí está la clave para vencer al mal.

De repente, la madera empezó a brillar y los tres pedazos se fundieron en uno, ¡formando el bastón dorado! Los hermanos aún no salían de su asombro cuando entendieron el mensaje de lo que estaban viendo. La única forma de vencer al malvado Moconoco era luchando todos juntos contra él.

Sin perder un segundo, Julianchi sopló un viento huracanado que tumbó los árboles a su alrededor, creando una barrera de protección que impidió el avance de Moconoco y sus hombres. Adrianchi prendió fuego a los troncos con una llamarada tan potente que cegó a los soldados y los obligó a retroceder porque el humo no los dejaba respirar. Solo Moconoco se mantuvo firme. Pero faltaba Larilú. La pequeña abrió la boca y envió un poderoso torrente de agua que envolvió al emperador y lo arrastró hasta el mar, donde su cuerpo desapareció bajo las olas.

Con el fin del malvado Moconoco, la paz y la prosperidad regresaron al reino.
Karmelo vivió por muchos años más rodeado de sus queridos hijos, quienes, a partir
de entonces, siempre se mantuvieron unidos para ayudar a los demás. Sin duda,
Karmelo encontró la verdadera felicidad, tal y como la anciana se lo había prometido.

Y, en las profundidades del bosque, la anciana sonrió.

—Era solo cuestión de tiempo, lo supe desde un principio —dijo en voz alta—. La
maldad siempre es castigada, mientras que la bondad es premiada.

Entonces dio media vuelta y, una vez más, desapareció entre los árboles.

Para Julián, Adrián y Lara, quienes me enseñaron cuán potente es el poder del amor y cuán mágico es el número 3.

M.C.A.

A Ana y Carlos, mi mamá y mi papá, que siempre me apoyan.

P.R.

This book is being published simultaneously in English as *The Magic Cane* by Orchard Books.

ISBN - 13: 978-0-545-01912-5

ISBN - 10: 0-545-01912-5

Text copyright © 2007 María Celeste Arrarás

Illustrations copyright © 2007 by Pablo Raimondi

Library of Congress Cataloging-in-Publication Data

Arrarás, María Celeste.

The magic cane / by María Celeste Arrarás ; illustrated by Pablo Raimondi. – 1st ed.

p. cm.

Summary: A prophecy and a broken cane given to him in his childhood help a simple peasant and his children, who have power over wind, fire, and water, to defeat a wicked emperor who was once the peasant's friend. ISBN 978-0-439-57419-8 (reinforced lib. bdg.) [1. Conduct of life — Fiction. 2. Family life — Fiction. 3. Cooperativeness--Fiction. 4. Fairy tales.] I. Raimondi, Pablo, ill. II. Title. PZ8.A883Mag 2007

[E]–dc22 2006030365

10 9 8 7 6 5 4 3 2 1   07 08 09 10 11   Printed in Singapore 46

Reinforced Binding for Library Use

First edition, October 2007